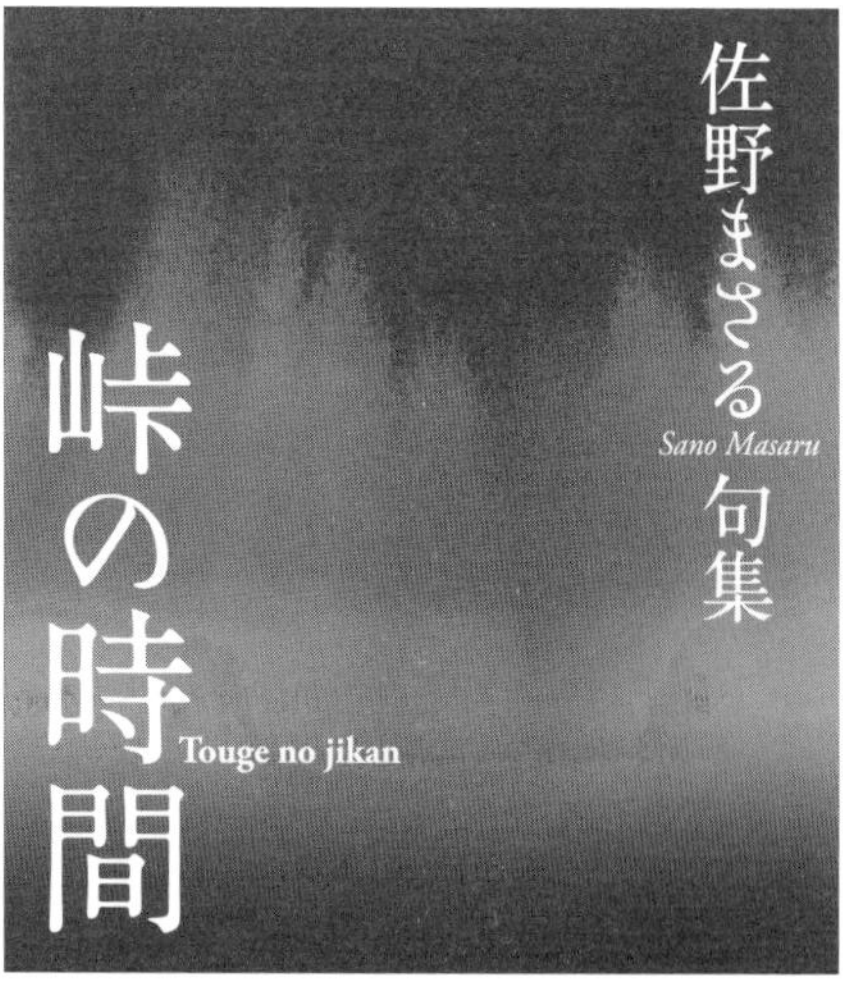
佐野まさる
Sano Masaru
句集
峠の時間
Touge no jikan

文學の森

序

佐野まさる氏と初めて会ったのは昭和36年であった。その年の5月に大野林火主宰「濱」の鍛練会が山梨県精進湖畔で催され、そこで出会ったのである。佐野氏も私も昭和12年生れなので、そのとき2人は20代半ばであった。鍛練会は3日間、精進レークホテルで行われ、句会は3回で合計15句を出句した。

その鍛練会の模様が「濱」36年6月号に載っている。出句15句のうち林火選に入選した句は、野澤節子が6句、松崎鉄之介・佐野まさるが4句、中戸川朝人・宮津昭彦・大串章が3句、鈴木達弥・加藤夕陽子が2句などであった。その時の佐野氏の4句をあげる（ただし句集には未収録）。

懐中燈の輪に落葉松のさかんな芽
鶯や分校の窓磨く子に
桑の芽のぶつぶつ太る曇天に
じつくり歩く牛にじつくり蕨生ふ

平成6年4月、「百鳥」が創刊された。佐野氏は創刊号から参加し、同号雑詠欄に5句載っている。その最初の句が次の句である。この句は句集『峠の時間』の冒頭の句でもある。

新雪を行くやうしろは振り向かず

この句を私は「百鳥の俳句」に取り上げ、次のように書いた。〈この作者は長いあいだ休俳中であったが先ごろ復活した。俳句はあくまで一句独立のものとして鑑賞されるべきだが、作者名を見たときその作品がいっそう引き立ってみえたとすれば、その恩恵は素直にうけいれてよいだろう。この句はそういう句である〉。

佐野氏の句としてこの句を読んだ時、「うしろは振り向かず」が強く私の心にひびいた。「新雪」の道は単なる道ではなく、決意を新たに歩み始めた俳句の道を思わせたし、「うしろ」は単に道の後方というだけではなく、俳句と離れて暮らした人生の道程をも想起させたのだ。そこに私は、さまざまな苦労を乗り越え、新たな決意のもとに俳句を再開した佐野氏の心意気を感じたのである。

平成8年、佐野氏は第2回百鳥賞を受賞し、百鳥同人になった。氏はそのとき「同人紹介」の欄にこう書いている。

〈長い長い休俳後の大串章主宰との再会。この時の感動を私は生涯忘れないであろう。「百鳥」創刊の年の平成六年二月、富士宮定例句会の場所を現在の南部公民館に移してのはじめての句会の日、大串主宰がきてくださることになった。私は二十数年振りに会う盟友への懐かしさと、休俳していたという後ろめたさとが交錯し複雑な心境になっていた。車から降り立った主宰は昔とかわらなかった。私たちは固い握手を交わし、そしてお互いの頭に白いものがあるのを見て笑い合った。ここから私の「百鳥」に拠る俳句人生がはじまった〉。

句集『峠の時間』には「百鳥」入会後の作品だけが収められている。そこに私は佐野氏の潔さを感じた。俳句再開の決意の強さを看取した。まさに「うしろは振り向かず」である。
『峠の時間』を読んでまず思ったのは、佐野氏は抒情の人だということである。具体的に言うと、父・母・子など家族を詠んだ句が多い。ここには先師大野林火の影響がみてとれる。ご承知の通り、林火は抒情俳人として有名である。

闘病の父かたはらに去年今年
父植ゑし樹に春月や父と見る
健脚の父を倒しし炎暑来る
ほうたるをわが手に乗せてくれし父
夕蜩遺影の父も聴きゐるか

最初に「父」の句を5句あげた。父君は長い闘病生活ののち亡くなられたのであろうか。元気なころは健脚であったのに、暑気中りが原因で病床につかれたのであろうか。「ほうたるをわが手に乗せてくれし父」には優しかった父の姿と幼かった作者の面影が浮かんでくる。次に「母」の句を

5句あげる。

朧夜や母の唄ひし浜千鳥
死の近き母の背擦り暖かし
雛子の声母の遺せる畑より
しづかなる初花母に見せたしや
笹鳴に苦難の母を想ひけり

母への思いが深々と籠っている。「母の遺せる畑」「苦難の母」には、ひたすら畑を耕し一家を支えてくれた母への感謝の気持がにじみ出ている。「母に見せたし」という思いは桜の花が咲く度に作者の胸によみがえるであろう。次に「子」の句を5句あげる。

明日娶る子と酌んでゐる夜涼かな
早起きの子が朝顔にとんで来し
甚平のみどり子抱かれたくて来る
ねんねこに歩きたき足出てゐたる

みどり児に触れさせてゐる初氷

「明日娶る子」は作者のご子息であろう。「夜涼かな」が爽やかである。「早起きの子」から「みどり児」まではお孫さんであろう。健やかに育ってゆく幼子へのまなざしが優しい。「甚平のみどり子」の句は、孫を抱き上げて喜ぶ好好爺の姿が目にうかぶ。次に「父」「母」「子」が重なって出てくる句を5句あげる。

父が植ゑし馬鈴薯花は母が摘む

草笛を吹きちちははに聞かせたる

子の釣りし山女を父の覗きたる

帰省の子父と唐黍捥ぎにけり

綿虫へ子の手母の手子が捕ふ

ここには家族の温かさ和やかさが如実に感じられる。一読こころが和む。こうした句を読むと、一度俳句を止めた佐野氏が再び俳句に戻ってきてよかったと改めて思う。俳句をやっていればこそ、こうした作品を残し、家・

族を残すことができたのである。
家族に関わる句のほか、『峠の時間』には「梅」「水」「富士」などの句が多く見られる。内10句をあげる。

梅林の中まで湾のひかりかな
落人も子をおもひしか梅ひらく
紅梅の一枝引き寄せ顔二つ
大根洗ふ伏流水のかたさかな
伏流水野焼の中を走りけり
草刈つて激しき水に手を洗ふ
夕蟬の鳴きやみ富士のくろがねに
十三夜富士に一点たつきの灯
富士の嶺の白さに大根洗ひ上ぐ
富士山を下り来て灯火親しめる

富士宮市に住む佐野氏に富士や伏流水の句が多いのは当然であるが、梅がよく出てくるのは一寸意外であった。氏は梅の花が好きなのだろう。

ここで技法的なことに一言触れると、『峠の時間』には比喩の佳句が多い。たとえば次のような句である。

水跳んでニンフのごとく芹を摘む
海老干され地に紅梅の咲くごとし
鎌上げて蟷螂歌舞伎役者めく
蕎麦の花真昼の夢のごとくあり
竹落葉舞ふや晶子の字のやうに

「ニンフ」「紅梅」「歌舞伎役者」「真昼の夢」「晶子の字」など、比喩の仕方が自由自在でそれぞれ説得力がある。こうしたところにも『峠の時間』一巻の魅力はある。

最後に、今まで触れ得なかった私の好きな句を10句あげる。

赤人の歌碑にきのふの早乙女よ
しじみ蝶峠の時間ゆつくりと
春光や田に働きて田に憩ふ

大道芸皿の冬日をまはしけり
柿干して民話の里に住み着けり
ほととぎす鳴けば山畑なほ親し
まぶしさを跳んで水辺の青き踏む
剣豪を書きし文豪雲の峰
畦道の山道となり囀れり
決闘の島に草笛競ひけり

佐野氏は百鳥同人になった時こう言っている。〈私は俳句というこの短くて奥行きのある詩形が好きである。そのために「俳句は詩である」という基本認識を踏まえながらこの「奥行き」を模索しつづけたいと考える〉（「同人紹介」欄より）。真から俳句が好きな人の真摯な言葉である。

佐野まさるさん、句集『峠の時間』上梓おめでとうございます。

平成28年4月

大串　章

句集　峠の時間◇目次

装丁　巖谷純介

句集

峠の時間

とうげのじかん

ローマ

平成六年〜十一年

新雪を行くやうしろは振り向かず

滝の前春光ひろぐ花売場

芽吹急縄文土器の現れし村

卒業式終へきて犬と田にまろぶ

帰りたる杜氏も田掻きしてゐるか

赤人の歌碑にきのふの早乙女よ

水すまし夕日の上に乗りにけり

秋雲の上をローマに向かひけり

あきぞらの紺のしたたるパウロ像
神殿の円柱かすめ秋つばめ

鰯雲ローマに広場多かりき

しじみ蝶峠の時間ゆつくりと

海女になるといふ子マフラー海の色

飛び立ちて春の白さの鷗かな

水跳んでニンフのごとく芹を摘む

青嵐止んで山猫出さうなる

更衣して寺の子の土団子

てんと虫西行の碑に翅たたむ

岳麓の風の中なる大やんま
組み終へし稲架にくひこむ天の青

山中の神馬は白馬十三夜

伏流のひかり砕きて菜を洗ふ

廃校のふらここに乗る二日かな

梅林の中まで湾のひかりかな

春山の影に釣糸垂れにけり

花守に花の出口をたづねけり

石仏の薄れし目鼻若葉風

父が植ゑし馬鈴薯花は母が摘む

いま刈りし草に一人の昼餉なる
夕蟬の鳴きやみ富士のくろがねに

蝸牛すすむその先田子の浦

秋雲や船に木箱の切符入れ

月祀るものを水辺に採りにけり

十三夜富士に一点たつきの灯

牛の前ポケットに鳴る木の実かな

岳麓の花野に見ゆる風の筋

虫時雨廻り道して帰りけり

磨かれし夢二の歌碑や小鳥来る

矢のごとき鴨の飛来や一刀彫

鴨家鴨午後は中洲に睦まじや

ねんねこに足の覗きて眠りけり

落人も子をおもひしか梅ひらく

春耕の見えて素焼の並ぶ棚

桃咲いて山水奔る窯場かな

苗木植うきのふの雨に濡れし土
明日娶る子と酌んでゐる夜涼かな

半夏生わが胃の写真見据ゑけり

夏霧や山羊呼べば鶏寄りきたる

秋の蜷動かずにゐる奥嶺かな

能面をとる深息や後の月

二合目に住み世を憂ふ後の月

雲中を進む日輪茸山

神留守の道にいわしの干されけり

大根洗ふ伏流水のかたさかな

霜の道塩の道きて不死男の碑

海老干され地に紅梅の咲くごとし

初午の青きけむりを目指しけり

春風に子を遊ばせて花を選る

雨降れば雨をはじきて鳥の恋

竹とんぼ作るうしろに雛の間

帰る雁休耕田に見送れり

初燕石に彫られし道しるべ

蓬餅一搗きごとのみどりかな

夜振火に闇の深さのありにけり

凌霄花雲の中より咲き出せり

籾殻焼く独りの貌のありにけり

菊人形生まれ菊師の痩せにけり

秋の蝶母の均しし土にくる

賢治の詩雪降り出して口ずさむ
障子閉め賢治のことを語るべし

雪搔きて雪を乗せくる一輪車

寄鍋にみちのく訛かさなりぬ

鳥籠の積まれて売られ春の風

白梅を先師座したる部屋に置く

満開の花ふかぶかと鳥を入れ
舞殿に竹の風くるたかしの忌

木曾の子の手花火闇をひらきたる

滝音に男の太鼓打ち込める

山寺を山に張り付けいなびかり

富士山を下りてきし子に栗の飯

オーロラ

平成十二年〜十四年

初しぐれ傘より出づる京言葉

墓に米供へて雪の来さうな日

冬菜畑渓へ一枚張り出しぬ

富士の嶺の白さに大根洗ひ上ぐ

馬の眼の近づいてゐる犬ふぐり

父の鍬いまわが鍬や鳥雲に

春障子杜氏の影の沈みけり

春耕やつるはしと鍬使ひ分け

伏流水野焼の中を走りけり

花影に入り現し世を見てゐたり

苗床に富士の水音絶え間なし

母の日の母白波へ子を放ち

ハンカチといふ木の上の雲涼し

河鹿笛月のひかりを呼ぶごとく

帰省子の駅降りて肩張りにけり

稲妻を恐れし母も老いしかな

朝顔に顔を洗ひし子が二人

稲刈るや莫蓙の真中にやくわん置き

鰯雲二階に太鼓のぞかせて

焚火せり田中冬二の来し村に

佃煮を売る冬波の明るさに

大川に長唄の声日脚伸ぶ

薄氷の下に靴跡くつきりと

春光や田に働きて田に憩ふ

陽炎の奥竜神の淵の見ゆ

竹藪に異端児のごと桃の花

初ざくら棟上げの鯛運ばるる

黄砂降る中をきたりて海鼠突く

草笛を吹きちちははに聞かせたる

初茄子の紺のふかきを握りたる

早起きの子が朝顔にとんで来し
秋燕の声フルートを聞きしあと

墓洗ふ子らを流れに遊ばせて

稔田を入れてたくみの里といふ

釣られたる紅葉山女に日照雨かな

青竹を曳きゆく曼珠沙華の中

城山にいつもの暮し芋茎干す

石臼を出づ新蕎麦のうすみどり

名水のまた霊水や小鳥来る

牧水といふ酒まはす小夜時雨

数へ日の明治の時計鳴りにけり

門川に梅花藻育て冬耕す

闘病の父かたはらに去年今年

廃屋の華やいでゐる雪雫

この村のこの田が好きと蝌蚪生まる

水底に折れしクレヨン風光る

初蝶のオーロラのごと現れて消ゆ

巣立鳥龍太の渓をまだ越えず

朧夜や母の唄ひし浜千鳥

父植ゑし樹に春月や父と見る

おたまじゃくし掬ひし笑顔母へ向け

集合は木洩れ日のなかみどりの日

筍を提げ棟梁のきたりけり

筍を剝きみどり児のごとく抱く

朴の花山の霊気の動きけり

本箱を作る木の香や柿若葉

子の釣りし山女を父の覗きたる

ほうたるの来るといふ庭掃かれあり

黒揚羽黒子のごとく橋の上

潜りきし子の手に涼し白き石

子を打ちし母の涙や敗戦日

蜻蛉を入れ潮騒の座敷かな

棒で猿追ひたる話今朝の秋

秋蟬のひたすらの声学ぶべし

色鳥の声にも色のあるごとく

地のものを地の人が売る秋日和

秋耕のひとりとなりし天地かな

黄八丈着て仰ぎけり後の月

黄落といふ青空の贈りもの
冬の鵙わが心電図見せらるる

浮寝鳥しばらくこの世忘れけり

冬麗や牛が人間見てをりぬ

色鳥

平成十五年〜十七年

餅花の奥に朝餉の声のあり

紅梅の一枝引き寄せ顔二つ

山藤の花舞殿に垂れてきし

ふるさとの映画館跡苗木市

浅春や先師の詠みし泉鳴る

耕しの鍬ゆるややかや長寿村

人力車夏の月より駈けて来し

砥部焼の並び朝市涼しかり

山畑に来て鮎釣りの話かな
草刈つて松一本を残したる

健脚の父を倒し炎暑来る

帰省の子父と唐黍捥ぎにけり

竹とんぼ蜻蛉の空へとばしけり

蟷螂に触るる三角定規かな

鎌上げて蟷螂歌舞伎役者めく

色鳥の来て門川に色こぼす

色鳥や芝居衣裳の子の集ふ

水鳥の校歌の川に華やげる

凩一号森の石松出でし村

綿虫へ子の手母の手子が捕ふ

焚火して宇宙の話してをりぬ

武蔵野の太陽を鷹急降下

鷹の名は神楽や松へ放ちをり

餅花のうしろに並ぶ感謝状

白菜を積み日光を積んでゐる

死の近き母の背擦り暖かし

春光の膝に乗せたる母の骨

初花を待たずに母の逝きにけり

青き踏むとき防人を思ひけり

雉子の声母の遺せる畑より

露天湯のまん中に顔明易し

納屋に鎌並び卯の花腐しかな

ひとり水打ちて分校教師かな

水打ちてをり看板に塩たばこ

草刈つて激しき水に手を洗ふ

花火師となりふるさとに戻りけり

富士山を下り来て灯火親しめる

亡き母と仰ぎし山の澄みにけり

火祭の火を抜け出でし山の月

ぶらんこの花野にとんで戻りけり

舟小屋の神棚に置く新走り

ゆふべ月仰ぎしと言ふ紅葉狩

旅人に座れと言ひぬ芋煮会

夭折の墓に届きて梅の影

青き踏み来て大寺の畳かな

鳥去りて山繭の枝残りけり

短夜の短き父の言葉かな

竹落葉流浪の民のごとく舞ふ

鮎の川早起きの町貫ける

甚平のみどり子抱かれたくて来る

法師蟬引揚船を降りし日も

鰯雲箒きれいに並べあり

みどり児に取り上げられし秋扇

曇天に似合ふ明るさ蕎麦の花

半生を笑顔で語るぬくめ酒

屏風絵の山より雪の来るやうな

大道芸皿の冬日をまはしけり

一つ田に焦げ跡三つ年詰まる

絵双六

平成十八年～二十二年

絵双六ヘリコプターで出発す

けふ生れてけふの星空雪達磨

白梅に智恵子の空の戻りけり

鷹鳩と化し二の丸に憩ひけり

子の素足兎の素足若草に

古民家の中より春日まぶしめり

廃屋の溶けてゆきさう大夏野

山影を引つ張つてゐる青田かな

手花火を買ひしより足急ぎけり

白波に初島残し鳥渡る

一政の描きたる山の栗を煮る

色鳥や海辺の町に楽器店

柿干して民話の里に住み着けり

野外劇ありし広場に木の葉舞ひ

年酒酌み交す父より大き手よ

寒明の畳に絵巻ひろげけり

春焚火法被姿も加はれり

花一片しばらく鯉と流れけり

青き踏みきて天井画仰ぎけり

飛び立ちて運河の明かり天道虫

綱たぐり闇をたぐりて鵜匠かな

父逝きにけり水無月の水の音

ほうたるをわが手に乗せてくれし父

帰省して子供神輿を先導す

夕鯛遺影の父も聴きゐるか

海見えず海鳴りつづく大花野

文化祭竹馬の友の紙芝居

湖の辺を掃き白鳥を待ちゐたり

力欲しきときに来て立つ冬菜畑

読み返す啓蒙書あり十二月

洗ひ場に虹鱒のくる春隣

雪解風仔牛の藁を吹き上ぐる

亡き母の付けし釦や鳥帰る

しづかなる初花母に見せたしや

残雪の上青竹の曳かれゆく

春の闇第五福竜丸の闇

早苗未だ人の植ゑたる傾きに
ほととぎす鳴けば山畑なほ親し

麦秋や父呼べど父振り向かず

旅人の横顔よぎる竹落葉

蛇衣を脱ぐや水神碑の裏に

踝を魚すべりゆく箱眼鏡

大花野道草同士出合ひけり

ふるさとの山映さむと水澄める

末枯を残し校舎の消えにけり

鯉はねて鰡とんで秋惜しみけり

甲冑の冬将軍と対峙せり

大寒の蛇口の水に芯のあり

惜しみたるあと潔く剪定す

初ざくら水辺はいつも新しく

花菜風化石遊びし川渉る

野遊びの化石の句碑に安らへり

西行忌竹叢多くなりし里

水面ゆく落花深みをゆく落花

花の空広ぐる仕種巫女の舞ひ

廃校に昭和の机春逝けり

農を継ぎ祭を継ぎて馬上かな

太古の剣太古の鏃灯の涼し

山畑に鱚釣りし海見てをりぬ

昨夜生れし牛の眼大き草の花

新涼の魚再会の沼に跳ね

蟬はいま邯鄲は過去語るなり

藍染めを飾り新蕎麦打ちにけり

朝露に神官の沓船出めく

ねんねこに歩きたき足出てゐたる

冬たんぽぽ分校の子の駈けし坂

廃校に地球儀二つ冬青空

握手したき顔して春の雪達磨

赤人の歌碑に守られ鳥の恋

安らぎと狂気と桜吹雪かな

牛生れし屋根に来てゐる雀の子

昭和の日蕎麦屋に演歌流れけり

虹鱒の虹を魚籠より取り出だす

母と子と新緑描きし筆洗ふ

旅人に乗り出してきし燕の子

鴨足草背丈の伸びし子ら通る

風無限さざ波無限植田かな

曼珠沙華甌穴の闇深くせり

蕎麦の花真昼の夢のごとくあり

虹の脚

平成二十三年～二十六年

ショベルカー田に座りたる初景色

さざ波のときに刃となり冴返る

まぶしさを跳んで水辺の青き踏む
花舞ふや遠き国より来しやうに

鯉幟己がはためく音の中

陶工の家を囲みて田が植わる

青田風養生訓の深き彫り

岩清水万葉びとの来るやうな

本陣の軒にやすらぎ燕の子

雪渓の馬の鼻筋ほど残り

虹の脚きのふ別れしあたりかな

星は雲に蛍は草に沈みけり

落し文軍人墓地に拾ひけり

みちをしへ幼馴染に逢ひにゆく

虫の音の中の邯鄲聞いてをり

塗り替へし蔵の灯され冬支度

渡り鳥芭蕉に師あり友のあり

七十路のわれに喝入れ冬の鵙

枯菊に残菊混じり焚かれけり

みどり児に触れさせてゐる初氷

冬耕の均して日差し刻みけり

立春をきのふに水の逸りけり

青き踏み良き事のみを思ひけり

うぐひすの声聞くための水辺かな

水際を刈り老鶯の声を呼ぶ

剣豪を書きし文豪雲の峰

山巓に一灯ともり蛍狩

草刈りし小径にけふの蜻蛉かな

松手入れして信仰の山仰ぐ

秋祭引き継ぎ山車を華やかに

鷹匠の鷹を持ち寄る風の中

洪水の橋消えしまま十二月

鱒に餌撒きて午後より冬耕す

新成人集ふひかりを分け合ひて

雛壇に乗りたき鯉の跳ね上がる

畦道の山道となり囀れり

花時を過ぎし花びら気ままなり

桜蝦花びらのごと網に付き

決闘の島に草笛競ひけり

田へ聴かすやうに風鈴吊しけり

蛍舞ふふるさとの闇やはらかく

盆路の刈られおはぐろ蜻蛉かな

竹落葉舞ふや晶子の字のやうに

秋澄めるもののひとつに鷺の立つ

少年兵の墓にひびきて運動会

大根を蒔き遠き道来し思ひ

仁王の前担がれてゆく案山子かな

綿虫の幾山も越え来しやうな

笹鳴に苦難の母を想ひけり

年の瀬の港に小舟ひしめきぬ

飛行機雲待春の雲掠めけり

句集　峠の時間　畢

あとがき

句集『峠の時間』は、平成六年四月の「百鳥」創刊号より平成二十六年までの、二十年間の三四〇句を収めた私の第一句集であります。

俳句との出合は、溯ること五十七～八年前、富士市の本州製紙（現・王子製紙）へ入社間もない頃でした。当時は社内に「濱」の句会があり、私も入会を熱心に誘われたことによります。その後諸般の事情により休俳を余儀なくされました。

俳句に再会したのは、大串章主宰の「百鳥」創刊時であります。

新雪を行くやうしろは振り向かず

を振り出しに、「百鳥」での私の第二の俳句人生が始まりました。

大串主宰の「各自が各自の方法で飛びたてばよい」「句会は楽しく真剣に」を肝に銘じて、これまで歩いて参りました。もちろん、今後も生ある限り俳句を続けたいと心に決めております。

この度、句集『峠の時間』を編むに当り、大串主宰にはお忙しい中、選句の労をお取りいただき、また身に余る序文をいただきましたこと、心より感謝申し上げます。出版を予定した当初よりご指導いただきました比田誠子様にもお礼申し上げます。

なお、ここまで俳句を続けてこられたことを喜びつつ、長い間お付き合いいただいた句会の皆様に、この場をお借りしてお礼申し上げます。

出版に際し「文學の森」の皆様には大変お世話になりました。心よりお礼申し上げます。

平成二十八年四月

佐野まさる

著者略歴

佐野まさる（さの・まさる）

昭和12年　樺太生れ
昭和33年　「濱」入会・大野林火に師事
平成６年　「濱」退会、「百鳥」入会・大串章に師事
平成８年　「百鳥」同人、百鳥賞受賞
平成14年　鳳声賞受賞

俳人協会会員

現住所　〒418-0074　静岡県富士宮市源道寺町518

句集　峠《とうげ》の時間《じかん》

百鳥叢書第九一篇
発　行　平成二十八年六月十七日
著　者　佐野まさる
発行者　大山基利
発行所　株式会社　文學の森
〒一六九―〇〇七五
東京都新宿区高田馬場二―一―二　田島ビル八階
tel 03-5292-9188　fax 03-5292-9199
e-mail mori@bungak.com
ホームページ http://www.bungak.com
印刷・製本　潮　貞男

ISBN978-4-86438-539-8 C0092